외날개 오리 쿤다

바우솔 작은 어린이 51

외날개 오리 쿤다
The One-Winged Duck, Kunda

1판 1쇄 | 2024년 10월 31일

글 | 이경혜
그림 | 한지아

펴낸이 | 박현진
펴낸곳 | (주)풀과바람
주소 | 경기도 파주시 회동길 329(서패동, 파주출판도시)
전화 | 031) 955-9655~6
팩스 | 031) 955-9657
출판등록 | 2000년 4월 24일 제20-328호
블로그 | blog.naver.com/grassandwind
이메일 | grassandwind@hanmail.net

편집 | 이영란
디자인 | 박기준
마케팅 | 이승민

ⓒ 글 이경혜 · 그림 한지아, 2024

값 13,000원
ISBN 979-11-7147-091-4 73810

※ 잘못 만들어진 책은 구입처에서 바꾸어 드립니다.

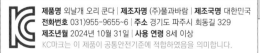

제품명 외날개 오리 쿤다 | **제조자명** (주)풀과바람 | **제조국명** 대한민국
전화번호 031)955-9655~6 | **주소** 경기도 파주시 회동길 329
제조년월 2024년 10월 31일 | **사용 연령** 8세 이상
KC마크는 이 제품이 공통안전기준에 적합하였음을 의미합니다.

⚠ **주의**

어린이가 책 모서리에
다치지 않게 주의하세요.

외날개 오리 쿤다

이경혜 글 * 한지아 그림

바우솔

머리글

안데르센은 내가 가장 좋아하는 동화 작가예요. 너무나 좋아해서 그가 태어난 덴마크의 오덴세까지 찾아가기도 했어요. 오덴세는 말 그대로 '안데르센의 도시'였어요. 신호등에 들어오는 사람 그림까지도 안데르센의 모습이었지요. 온통 안데르센으로 가득한 그곳에서 나는 그에게 고맙다고 인사를 했어요. 그토록 아름다운 동화들을 많이 써 준 것에 대해서요. 그 동화 덕분에 내 어린 시절이 훨씬 아름다워졌으니까요.

초등학교 1, 2학년 때, 나는 친구들과 잘 어울리지 못하고 지냈어요. 긴 시간은 아니었지만 외로웠던 그때, 안데르센의 동화들은 내게 소중한 친구였어요. 친구들과 놀지 못했던 나는 쉬는 시간마다 도서관으로 달려가 책을 읽었고, 집에 가자마자 골방으로 들어가 책을 읽었지요. 그럴 때 안데르센의 동화들은 다른 누구의 동화보다도 마음 깊이 스며들었어요.

유쾌하고 즐거운 이야기도 좋았지만 어딘가 쓸쓸하고 슬픈 동화들에 나는 더 빠져들었지요. 그런 작품들 중에는 '인어 공주', '외다리 병정', '성냥팔이 소녀'처럼 끝까지 슬픈 작품들도 많았지만 '눈의 여왕'이나 '미운 오리 새끼'처럼 행복하게 끝나는데도 어던가 쓸쓸하고 슬픈 작품들도 있었어요.

이 동화는 바로 그런 동화인 '미운 오리 새끼'에서 시작했어요. '미운 오리 새끼'가 아름다운 백조가 되는 이야기도 다행스럽고 기뻤지만 나는 그 오리가 백조가 안 되고 그냥 오리인 채 행복해질 순 없을까, 생각을 했어요. 그런 생각을 하다 이런 이야기를 쓰게 된 거랍니다.

이 이야기 속에서, 날개가 하나뿐인 '쿤다'에게 어느 날 날개 하나가 더 돋아나는 일은 일어나지 않아요. 그러나 외롭고 서러웠던 쿤다는 날개 하나로도 당당하게 행복한 오리로 자라나지요. 동화 속이니까 날개 하나가 더 생기는 이야기도 가능했겠지만 외날개 쿤다가 내게는 몇 배나 멋있게 여겨진답니다.

마지막으로, 멋진 책을 만드느라 애써 주신 '풀과바람' 식구들과 사랑스러운 그림을 그려 주신 한지아 선생님께 깊은 감사를 드립니다.

가을 하늘이 아름다운 날에
이경혜

차례

자랑쟁이 오리

옛날 옛적, 오리도 고양이도 다 말을 하고 살 때였어.

자작나무들이 하얗게 둘러싼 숲속 연못가에 자식 자랑을 몹시 하는 오리 한 마리가 살고 있었지. 다른 오리들은 그 오리를 '자랑댁'이라고 불렀어. 그 오리는 눈만 뜨면 자식 자랑, 입만 열면 자식 자랑을 했으니까.

그런데 사실 그럴 만도 했어.

자랑댁은 지금까지 알을 서른아홉 개나 낳았는데 거기서 나온 오리들이 하나같이 건강하고 잘생긴 데다 헤엄도 잘 치고 물고기도 잘 잡았거든. 그랬으니, 자랑댁이 자랑쟁이 오리가 된 것도 무리는 아니겠지?

얼른 알을 깨고 나오렴

어느 봄날이었어.

봄 햇살에 하얀 줄기의 늘씬한 자작나무들이 푸른 잎들을

반짝반짝 빛내고 있었지.

자랑댁은 따스한 햇볕이 내리쬐는 개울가 보금자리에서

새로 낳은 알들을 품은 채 꾸벅꾸벅 졸고 있었어.

그때 마침 옆을 지나가던 거위 '인사댁'이 자랑댁을 보고 큰 소리로 인사했어.

"안녕하세요, 자랑댁 님?"

인사댁이 갑자기 말을 거는 바람에 자랑댁은 깜짝 놀라 몸을 푸르르 떨며 깨고 말았어.

거위들은 보통 성질이 괄괄하고 인사하는 법이 없는데 인사댁은 다른 거위들과 달리 예의 바르고 다정한 거위여서 누구든 만나면 꼭 인사를 했거든. 그래서 인사댁이라고 불리게 된 거고.

다정한 인사댁은 늘 그랬듯이 상냥하게 물었어.

"오늘쯤 아기들이 나온다고 했지요?"

인사댁의 질문에 자랑댁은 날개가 으쓱했어.

새끼들 얘기만 하면 저절로 날개가 펼쳐지려고 해서 참느라고 힘들었지.

"그래요. 이번에는 알을 네 개 낳았어요. 알들이 하나같이 크고 둥글어요. 이번에도 아주 예쁜 아이들이 태어날 게 분명하답니다. 호호호, 꿱꿱."

꿕 꿕!

14

자랑댁은 신이 나서 아주 자랑스럽게 말했지.

인사댁은 자기 일처럼 기뻐하며 맞장구를 쳤어.

"그러게요. 언제나 그랬으니까 이번에도 그러겠죠. 축하해요, 꿱꿱!"

인사댁이 축하해 주니, 자랑댁은 더욱 신이 났지.

잠깐, 뭐라고? '꿱꿱' 글자가 틀렸다고? 호호, 눈도 밝지!

그런데 내 귀에는 오리들이 울 때는 '꽥꽥' 하고, 웃을 때는 '꿱꿱' 하는 거 같거든?

귀 기울이고 자세히 한번 들어 봐.

아, 옆에 오리가 없다고? 그렇겠구나. 요즘엔 오리 소리를 듣기가 힘들지.

그럼 그냥 이 얘기 속에서만 그런 걸로 해 두자!

어쨌든 인사댁이 가고 나서도 자랑댁은 혼자 꿱꿱거리며 한참을 웃었어.

생각만 해도 좋아서 견딜 수가 없었으니까.

자랑댁은 너무 신이 나서 혼자 웃으며 중얼거렸지.

"꿱꿱, 이번에는 어떤 멋진 아이들이 나오려나? 이 아이들이 태어나면 다들 또 얼마나 감탄할까? 꿱꿱!"

그 바람에 잠도 깨 버려서 자랑댁은 기쁜 상상에 빠진 채 알들을 품었어.

그러다 따스한 햇살에 그만 다시 꾸벅꾸벅 졸기 시작했을 때였어.

갑자기 "꽥꽥!" 하는 가냘픈 소리들이 들려서 자랑댁은 깜짝 놀라 푸르르 몸을 떨며 졸음에서 깨어났어. 아래를 보니까 알들이 하나씩 깨지면서 작은 머리들이 보이기 시작했지.

드디어 새끼들이 태어나고 있었어!

"어머나, 이제야 나오는구나! 자, 얼른얼른 알을 깨고 나오렴! 나의 멋진 아가들아!"

그러면서 자랑댁은 부리로 알들을 톡톡 쪼아 주었지. 아기들이 더 쉽게 알을 깨도록 도와주는 거였어. 아기들은 알 속에서 부리로 쪼고, 어미들은 알 밖에서 부리로 쪼면서 알을 깨고 세상에 나오는 거거든.

한 마리, 한 마리씩 귀여운 아기 오리들이 알을 깨고 나오기 시작했단다.

"어머나, 이번에는 네 마리가 모두 아들이네! 지난번에는 딸만 다섯 마리 낳았으니 괜찮네, 괜찮아!

어쩌면 나는 새끼들도 이렇게 기가 막히게 낳는담! 역시 나
는 멋진 엄마야!"

자랑댁은 얼른 새끼들을 끌고 연못가로 가서 자랑하고 싶어
견딜 수가 없었어.

"호호, 꿱꿱! 정말 하나같이 잘생겼구나. 역시 내 새끼들……!"

하나하나 새끼들을 들여다보며 감탄하던 자랑댁은 갑자기
말을 멈추었어.

자랑댁의 눈이 휘둥그레졌지.

글쎄, 다른 새끼들은 다 금세 똑바로 서서 활기차게 울어대
는데, 알에서 가장 늦게 나온 한 마리가 조금 기우뚱하게 서서
잘 울지도 못하지 않겠어? 어딘가 몸이 이상해 보였지.

자랑댁은 숨을 한번 크게 들이마시고 눈을 더 크게 뜨고 바
라보았어.

그런데 이게 웬일이야?

세상에, 그 아기에게는 날개가 한쪽밖에 없지 않겠어?

자랑댁은 가슴이 철렁 내려앉았어.

날개란 건 누구든 두 쪽이 있는 거잖아?

날개가 한쪽이라는 건 듣도 보도 못한 일이었어.

날개가 하나뿐인 오리라니!

   아니, 사실 그런 오리가 있긴 있었어. 예전에 자랑댁의 할아

버지 날개가 한쪽이긴 했지.

   하지만 그건 덫에 걸렸다 빠져나오면서 날개 한쪽이 잘려 나

갔던 거였어!

   원래는 당당하고 멋진 두 날개를 다 가지고 있었다고!

그 할아버지는 날개까지 끊어내며 덫을 벗어난 용감한 오리로 집안의 자랑이었는 걸!

그런데 이 아이는 태어나자마자 날개 한쪽이 없지 않아?

그런 오리는 자랑댁 평생 본 적이 없었어.

그런 오리가 있다는 얘기도 들어본 적이 없었다고!

자랑댁은 도무지 믿기지 않아서 부리로 그 새끼의 몸을 마구 쪼아 보았어.

하지만 그 새끼에게는 왼쪽 날개만 있을 뿐 아무리 찾아도 오른쪽 날개는 보이지 않았어. 여태껏 알을 서른아홉 개나 낳도록 이런 일은 없었는데, 이게 대체 무슨 일이야?

자랑댁은 기가 막혀서 뱅글뱅글 서른아홉 바퀴나 맴을 돌았어.

날개가 하나뿐인 오리라니! 날개가 하나뿐인 오리라니! 눈앞이 캄캄했어.

늘 건강하고 멋진 새끼들만 낳았다고 동네방네 자랑하고 다닌 자기 체면이 뭐가 되겠냐고?

24

자랑댁은 날개 하나만 가지고 태어난 새끼를 걱정하기보다는 자기 체면이 구겨질 걱정이 더 앞섰어. 자랑댁은 어떻게든 그 새끼를 남들 모르게 숨겨야겠다고 생각하게 됐지.

정말 철없는 엄마지? 뭐? 자식 걱정보다 자기 체면만 생각하는 엄마가 어디 있냐고?

글쎄, 엄마라고 다 엄마다운 건 아니거든. 세상에는 좀 철없는 엄마들도 있단 말이야.

자랑댁은 얼른 주위를 둘러보았어. 다행히 아무도 보이지 않았지.

"휴, 다행이야. 아무도 못 봤으니, 일단은 애를 좀 감추고 키워야겠다."

자랑댁은 얼른 갈대와 부들을 더 많이 물어와 둥지 근처에 쌓았어. 밖에서 둥지 안이 안 보이게 말이야.

그렇게 한 다음에야 자랑댁은 다른 새끼들을 찬찬히 살펴보았어. 다른 새끼들은 늘 그랬듯이 더할 나위 없이 멋지고 사랑스러운 아기 오리들이었지.

자랑댁은 외날개 아기 오리를 보며 한숨을 크게 쉬었어.

그런 다음 원망스러운 목소리로 말했지.

"휴, 대체 어쩌다 넌 이렇게 태어난 거니? 남들 다 달고 태어 나는 날개 두 쪽이 그렇게 어려웠니? 그거 하나 더 달고 나오 기가 그렇게 어려웠냐고? 에고! 너라고 그러고 싶어서 그랬겠 냐? 그래도 그렇지. 이왕 그렇게 태어날 거면 나한테 말고 저기 인사댁이나 수풀댁네 아이로 태어날 것이지, 쯧쯧."

자랑댁의 말에도 그 아기 오리는 해맑게 웃으며 꿱꿱거리기 만 했지. 엄마 말이 무슨 뜻인지 아직 잘 몰랐던 거야.

자랑댁은 고개를 갸우뚱하며 한참 생각하더니 말했어.

"어쨌든 네 이름은 '쿤다'야. 그렇게 지을 거야. 그 말은 '날개 두 개'란 뜻이야. 어쩌면 네 한쪽 날개가 좀 늦게 돋아날지도 모르니까 말이야. 그럴 수도 있지 않겠어? 맞아. 날개도 어느 날 만들어진 걸 테니까 좀 늦게 만들어질 수도 있지.

어쨌든 그런 날이 올 때까지는 널 숨겨놓을 수밖에 없겠다. 어떻게 널 다른 오리들한테 보이겠냐? 내가 자랑댁인데 너는

자랑할 수가 없잖니? 자, 너는 엄마가 돌아올 때까지 여기서

기다리렴. 절대로 밖에 나가면 안 돼. 소리 내서 울어도 안 된

다!"

  그러면서 자랑댁은 다른 세 마리의 새끼들을 데리고 둥지

밖으로 나갔어.

쿤다가 뒤뚱거리며 엄마를 쫓아가자, 자랑댁은 무서운 얼굴로 쿤다를 돌아보며 말했지.

"넌 꼼짝 말고 여기 있으랬잖니? 절대 꽥꽥거리지도 말고,

알았지?"

그러면서 자랑댁은 쿤다를 부리로 콕콕 찍었어.

갓 태어난 쿤다에게 엄마의 부리는 바늘로 찌르는 것처럼 아팠어. 쿤다는 가만히 둥지에 주저앉고 말았지.

뒤뚱거리며 걷는 엄마의 커다란 엉덩이와 형제들의 작은 엉덩이들이 연못을 향해 사라지는 뒷모습을 둥지 사이로 바라볼 뿐이었어.

엄마와 함께 밤마다

쿤다는 서럽고 슬펐어. 태어나자마자 서럽고 슬픈 느낌에 잠기니 이 세상이 싫었어. 괜히 세상에 나왔다는 생각만 들었어. 알 속은 따뜻하고 아늑했는데.

더욱이 혼자 있으니 너무 무서웠어.

그때, 하늘 위로 큰 새가 지나가면서 커다란 새 그림자가 쿤다를 덮쳤어. 그림자란 걸 알면서도 쿤다는 너무 무서워 부르르 떨며 몸을 움츠렸지.

하지만 엄마가 와서 그 아픈 부리로 또 콕콕 찍을까 봐 소리도 못 냈어.

'세상은 슬픈 곳이구나. 괜히 태어났어. 태어나지 말걸.'

그런 생각을 하니 눈물이 더 나왔어. 쿤다는 훌쩍거리며 울다 그대로 잠이 들었어.

한편, 자랑댁이 데리고 나간 잘생기고 건강한 새끼들은 모두에게서 칭찬을 받았지.

"아유, 이번에도 멋진 새끼들만 낳으셨네요. 그런데 알이 네 개라고 들었던 것 같은데……."

이런 말을 들으면 자랑댁은 허겁지겁 날개를 퍼덕이며 거짓말을 했어.

"아니, 세, 세 개였어요. 세, 세 개를 네 개로 들었나 보지요. 호호호."

그렇게 하루하루가 흘러갔어.

같이 태어난 형들이 연못에 가서 헤엄치며 놀 동안 쿤다는 둥지에만 갇힌 채 홀로 슬프게 자랐지. 쿤다는 혼자 울다 잠이 들곤 했지만 꿈을 꾸는 동안에는 활짝 웃었어.

꿈속에서 쿤다는 날개 두 개를 활짝 펴고 하늘도 날아다니고, 넓은 강에서 헤엄을 치기도 했으니까.

해가 저물면 엄마랑 형들이 맛있는 물고기들을 가지고 돌아

왔지.

엄마와 달리 형들은 모두 쿤다와 같이 놀고 싶어 했고, 쿤다

한테 미안한 마음을 가지고 있었어. 무서운 엄마의 부리 때문

에 다들 아무 말도 못 했지만.

그래도 저녁에 둥지에 돌아오면 다들 쿤다를 둘러싸고, 물고기도 함께 먹고, 그날 있었던 일들도 재미나게 들려주어서 쿤다는 그 시간이 가장 좋았어.

그때만은 슬픔을 잊고 형들과 신나게 놀았지.

그렇지만 언제까지나 엄마 오리가 물고기를 잡아다 줄 수만은 없잖아? 쿤다도 헤엄치는 법을 배우고, 먹이를 잡는 방법도 배워야 하잖아?

그래서 자랑댁은 모두 잠이 든 한밤중에만 쿤다를 데리고 개울로 나왔어. 아무리 철없는 엄마라도 엄마는 엄마니까.

그럴 때마다 자랑댁은 한숨을 쉬면서 타박했어.

"에고, 이 자식아. 한쪽 날개는 대체 왜 떼어놓고 나와서 이 엄마를 이렇게 고생시키냐?"

자랑댁이 아무리 뭐라고 해도 쿤다는 밤에 엄마와 함께 헤엄치는 시간이 좋기만 했어.

온종일 둥지에 갇힌 채 잠이나 자다가 엄마를 혼자 차지하는 것만도 기쁜데, 물속에 들어가 텀벙거리고 놀 수 있으니 얼마나 좋아?

쿤다는 점점 그런 생활에 익숙해졌어. 낮에는 내내 꿈을 꾸며 잠을 자고, 밤이면 엄마와 개울을 독차지한 채 헤엄을 치고.

쿤다는 날개가 한쪽뿐이라 자꾸만 기우뚱거렸어. 그래도 헤엄을 칠 때는 날개보다 발이 중요했어.

쿤다도 발은 두 개가 다 있었으니 더욱 빨리 움직이며 헤엄을 쳤어.

점점 요령을 익히자, 쿤다는 헤엄을 잘 칠 수 있게 되었지.

그러면서 쿤다는 조금씩 슬픔을 잊게 되었어.

형들과 연못에서 놀 수도 없고, 다른 오리들을 만나지도 못하고, 햇볕도 제대로 못 쬐고 살았지만, 쿤다는 엄마와 함께 밤마다 개울에 나가는 게 즐겁기만 했지.

쿤다는 달빛이나 별빛이 비치는 밤의 개울을 너무나 사랑했어.

얼른 내 꼬리를 물어!

그러던 어느 날이었어.

하루는 쿤다가 낮잠을 자다가 늑대가 나타나 엄마를 잡아먹는 꿈을 꾼 거야.

쿤다는 엉엉 울다가 깨어났지. 그러자 엄마가 너무 걱정되었어.

'세상에는 사냥꾼도 있고, 무서운 짐승도 많다는데 엄마에

게 무슨 일이 있는 게 아닐까?'

엄마가 절대로 둥지에서 나오지 말라고 했지만, 쿤다는 걱정이 되어 견딜 수가 없었어.

쿤다는 살금살금 밖으로 나와 보았지.

언제나 어두컴컴한 보금자리 속에만 있던 쿤다에게 환한 밖의 세상은 너무나 아름다웠어.

하지만 엄마에 대한 걱정으로 쿤다는 곁눈질 한번 하지 않고 곧장 개울가로 달려갔지.

개울가에 다 닿았을 때였어. 부랴부랴 달려가던 쿤다는 문득 걸음을 멈추었어.

저 멀리 엄마와 형들이 즐겁게 헤엄을 치는 모습이 보였지. 햇살이 반짝이는 연못에서 헤엄치는 식구들의 모습이 참으로 행복하게만 보였어.

쿤다는 엄마를 부르려다 말고 입을 다물었어. 물론 엄마한테 혼날 게 겁이 났지. 하지만 그보다는 자기를 뺀 네 식구의 모습이 너무도 정답고 멋지게 보인 탓이었어.

거기엔 자기가 낄 자리가 없어 보였어.

쿤다의 눈에서 자기도 모르게 눈물이 흘러내렸지.

그때 마침 옆을 지나가던 인사댁이 쿤다를 보고 물었어.

"안녕, 얘야, 못 보던 아이네. 넌 누구니?"

쿤다는 당황했어. 그래서 목소리를 가다듬고 말했어.

"예. 전 그냥 지나가던 오리예요. 길을 잃어서요."

"저런, 날개가 하나밖에 없으니 날지도 못하겠네. 집이 어디니? 내가 같이 찾아 줄까?"

쿤다는 어쩔 줄 모르며 허둥지둥 대답했어.

"아, 아니에요! 이제 생각났어요. 저쪽으로 가면 돼요."

그러는데 쿤다와 엄마의 눈길이 딱 부딪혔어.

쿤다는 가슴이 철렁했지. 화가 난 엄마의 눈길이 너무나 무서웠거든.

쿤다는 얼른 종종걸음을 쳐서 그 자리를 벗어났지.

하지만 쿤다는 가슴이 너무 아팠어.

식구들 얼굴을 보면 아픈 가슴이 아예 찢어질 것 같았어.

쿤다는 집 앞에 다다랐지만, 그 앞에 멈추어 선 채 생각에 잠겼어.

'내가 없는 게 우리 식구에겐 더 좋을 거야. 엄마도 내가 없어지면 좋아할걸.'

그런 생각을 하자 눈물이 다시 줄줄 흘렀지.

쿤다는 몸을 돌려 걷기 시작했어.

아무 데도 갈 데가 없었지만, 집으로 들어가긴 싫었지. 식구들 얼굴을 볼 자신이 없었어. 아니, 식구들 얼굴을 보기가 싫었지.

쿤다는 계속 걸어갔어.

중간에 개 한 마리가 쫓아와서 심장이 떨어지는 줄 알았지만, 날개가 한쪽 없는 대신 걸음이 빠른 쿤다는 온 힘을 다해 달렸지.

개는 그냥 겁만 주려고 했던 건지 쫓아오지 않았어.

쿤다는 쉬지 않고 걸었어. 둥지에서 먼 곳으로, 식구들한테서 먼 곳으로 가고만 싶었지.

무조건 걷고 걷다 보니 어느새 밤이 되어 보름달이 환하게 떠올랐어.

문득 앞을 보니 크고 아름다운 호수가 보였지.

쿤다는 기뻐서 풍덩, 호수로 뛰어들었어.

호수에도 환한 보름달이 빠져 있었어. 쿤다는 신이 나서 보름달을 마구 쪼아댔어.

달은 쿤다의 부리 짓에 산산조각이 났다가는 다시 금세 둥글게 제 모습으로 돌아오곤 하였지.

그때였어. 저쪽 물가에서 갑자기 "애, 나 좀 봐." 하는 소리가
들려왔어.

쿤다는 깜짝 놀라서 몸이 굳어 버렸어. 그런데 그 소리가 다
시 들려왔어.

"애, 애, 나 좀 봐!"

쿤다는 용기를 내서 고개를 돌려보았지.

물가에는 뜻밖에도 오리 한 마리가 있는 거야.

쿤다는 깜짝 놀랐지. 밤에 물가에 나온 오리는 한 번도 본 적이 없었으니까.

"넌, 넌 누구야?"

쿤다는 다가가지는 않은 채 큰 소리로 물었어.

"쉿, 조용히 해. 족제비가 듣겠어. 그냥 이리 좀 와 봐."

쿤다는 물가로 헤엄쳐 갔어. 오리인 건 분명하니까 무서울 게 없잖아?

다가가 보니 그 오리는 쿤다처럼 작은 아기 오리였어.

"난 올다라고 해. 두 발이란 뜻이야. 난 발이 하나뿐이라서 엄마가 그렇게 지어 줬어. 갑자기 발 하나가 생길지도 모른다고."

쿤다는 깜짝 놀라 말했어.

"우아! 이럴 수가! 난 날개가 한쪽이라고 이름이 쿤다인데. 날개 두 쪽이란 뜻이거든. 우리 엄마도 똑같은 말을 했어. 어느 날 날개가 돋아날지 모른다고!"

그렇게 말하면서 보니 정말로 올다는 한쪽 발로 서 있었어.

"그렇구나. 하지만 날개는 한쪽만 있어도 헤엄은 칠 수 있잖아? 나는 둥둥 뜰 수는 있어도 헤엄은 치기가 어려워. 네 꼬리를 물고 있어도 돼? 너한테 매달려서 신나게 헤엄을 쳐 보고 싶어!"

쿤다는 자기가 도움이 된다는 게 너무 기뻐서 당장 뭍으로 올라갔어.

그리고 기쁜 마음에 큰 소리로 외치려다 족제비 생각이 나서 작게 말했어.

"얼른 내 꼬리를 물어!"

올다는 쿤다의 꼬리를 덥석 물었어.

쿤다는 올다를 매단 채 밤의 호수로 풍덩, 뛰어들었지.

그래서 둘은 함께 헤엄을 치고 놀았어.

올다를 매단 쿤다는 신이 나서 달빛 아래 호수를 마음껏 헤엄쳤어.

달빛을 받으며 호수에서 올다와 노는 일은 정말 즐거웠어.

올다가 쿤다의 꼬리를 부리로 물고 따라와도 조금도 힘든

줄 몰랐어.

'내가 얘를 도와줄 수 있다니!'

언제나 자신을 가족들의 짐이라고만 생각했던 쿤다는 그 사

실이 말할 수 없이 기뻤지.

이렇게 태어난 건 내 잘못이 아니야

실컷 헤엄치다 힘이 빠진 쿤다와 올다는 뭍으로 올라가서 쉬

며 얘기를 나누었어.

올다는 쿤다와는 반대로 엄마의 사랑을 지나치게 받고 있었

어. 올다의 엄마는 올다의 언니들을 친척들에게 다 맡기고 오

직 올다만을 돌본다고 했어.

온종일 올다를 데리고 헤엄을 치고, 놀아 주고, 먹을 걸 잡아 주고…….

그런 얘기에 쿤다는 부러워서 감탄했어.

"와, 넌 좋겠다. 난 낮에는 한 발짝도 밖에 나가면 안 되는데! 우리 엄마는 내가 다른 오리들 눈에 띄면 창피해하거든."

그런 말을 하는데도 쿤다는 이상하게 하나도 슬프지 않았어. 내내 울면서 걸어왔는데도 그 생각은 하나도 나지 않았지.

올다가 말했어.

"우리 엄마도 차라리 그러면 좋겠어. 난 네가 부러워! 난 숨이 막혀 죽겠거든. 우리 엄마는 한시도 내 곁에서 떨어지질 않아. 내가 잘못해서 무슨 일이라도 생길까 봐 말이지. 이러다간 엄마 없이는 아무것도 못 하는 바보 오리가 될 것 같아서 걱정이라니까. 언니들도 너무 보고 싶고 미안한데 엄마는 언니들까진 돌볼 수 없다고 나한테만 매달려 있으니. 아무리 언니들과 같이 살고 싶다고 말해도 듣지도 않고!"

쿤다가 말했어.

"우리 엄마는 형들만 챙기고, 너희 엄마는 너만 챙기고, 왜 엄마들은 그럴까?"

쿤다와 올다는 함께 한숨을 쉬었어.

그러다 쿤다가 올다에게 물었어.

"그런데 넌 낮에도 엄마랑 밖에서 논다면서 왜 밤에 혼자 또 이렇게 나온 거야?"

"그러니까 혼자 있고 싶어서 밤에 몰래 나왔지. 우리 엄마 자는 사이에 말이야. 그러는 넌?"

그래서 쿤다는 그날 집을 나선 얘기를 다 해 주었어.

쿤다의 얘기를 다 듣고 나자 올다는 벌떡 일어나더니 말했어.

"이번에는 내 꼬리를 꼭 물어. 꼭 물지 않았다간 떨어져."

"왜?"

"잔말 말고 어서!"

쿤다는 영문을 몰랐지만, 시키는 대로 올다의 꼬리를 부리로 물었어.

그러자 올다가 갑자기 푸드덕거리더니 하늘로 날아올랐어.

쿤다는 너무나 놀라 어쩔 줄을 몰랐지만 떨어지지 않기 위해선 부리로 꼭 물고 있어야 했기 때문에 입도 벙긋할 수 없었지.

하지만 언제나 옆구리에 딱 붙어만 있던 한쪽 날개가 저절로 활짝 펴지더니 푸드덕푸드덕 날갯짓을 하지 않겠어?

쿤다는 정말 기뻤어. 아무리 올다 꼬리를 물고 있어도 한쪽 날개만으로 나는 일은 쉽지 않았지. 쿤다는 죽을힘을 다해 하나뿐인 날개를 퍼덕거렸어.

몹시 힘이 들었지만 날아갈수록 익숙해져서 쿤다는 떨어지지 않고 하늘을 날 수 있었지.

하늘에서 내려다본 달빛 젖은 호수는 보석처럼 빛이 났어.

하늘을 한 바퀴 돌아 다시 호숫가로 내려오자, 쿤다는 이 세상에 두려울 게 아무것도 없다는 생각까지 들었지.

쿤다가 말했어.

"정말 고마워! 난 태어나서 처음으로 하늘을 날아봤어!"

올다도 말했어.

"너도 날 데리고 실컷 헤엄쳐 줬잖아? 나도 고마워!"

그때였어. 어디선가 꽥꽥거리는 슬픈 울음소리가 들려왔어.

"올다야! 올다야! 꽥꽥!!"

올다의 엄마가 올다를 찾는 목소리였어.

올다와 쿤다는 서로를 바라보았어.

올다가 말했어.

"우리 엄마가 깼나 봐. 가야겠네."

쿤다는 속으로 생각했어.

'올다는 좋겠다. 저렇게 자기를 사랑해 주는 엄마가 있어서…… 우리 엄마는 내가 없어져서 잘됐다고 생각하겠지?'

그러자 다시금 눈물이 찔끔 나왔지만 쿤다는 꾹 참았어.

"올다야!"

다시금 엄마 오리의 애끓는 목소리가 울려 퍼졌어.

올다가 말했어.

"안 되겠다. 저러다가 여우나 늑대한테 들키겠어."

그러더니 올다는 조금 큰 소리로 외쳤어.

"엄마, 나, 여깄어!"

엄마가 다가오자 올다는 엄마에게 말했어.

"엄마, 얘가 도와줘서 헤엄을 신나게 잘 쳤어."

올다의 엄마는 쿤다를 꼭 안아 주며 말했어.

"가엾어라. 너는 날개가 한쪽밖에 없구나. 우리 올다는 발이
한쪽밖에 없는데."

그러자 올다가 말했어.

"엄마, 우리는 하나도 가엾지 않아. 우리는 같이 헤엄도 치고, 날기도 했어. 엄마가 자꾸 가엾어하니까 나는 기분이 나빠. 엄만 대체 뭐가 가엾다는 거야?"

하지만 쿤다는 올다의 엄마가 고맙기만 했지. 그래서 올다에게 살짝 말했어.

"난 너희 엄마가 정말 고마워. 우리 엄만 날 창피하게만 여기는데, 너희 엄만 날 가엾이 여겨 주시니까."

그 뒤로 쿤다는 올다네 집에서 따뜻한 보살핌을 받으며 지냈어.

올다 엄마는 쿤다가 있어 줘서 올다와 헤엄치고 노니까 매우 기뻐했지.

그 호수에는 오리들이 아주 많이 살았어. 오리들은 올다의 새 친구 쿤다를 대환영했지. 쿤다는 그곳에서 새로 태어난 기분이었어.

따뜻한 사랑과 관심 속에서 쿤다의 아팠던 마음도 어느새 아물었지.

올다와 함께 지내면서 쿤다는 많은 생각을 했어.

'내가 이렇게 태어난 건 내 잘못이 아니야. 내가 이런 모습인
것도 부끄러운 게 아니고. 나를 부끄러워하는 엄마가 잘못된
거야. 나는 내 모습 그대로 잘 살아갈 거야. 이제 다시는 숨어
서 살지 않을 거야.'

나는 이제 내가 부끄럽지 않으니까

한 달이 지난 어느 아침, 많은 생각 끝에 쿤다는 집에 다녀오기로 했어.

쿤다는 올다에게 잠시 작별 인사를 하고 집으로 떠났지.

부지런히 걷고 걸어서 아직 해가 환한 대낮에 쿤다는 개울가에 다다랐어.

엄마와 형들이 개울에서 헤엄을 치고 있었어.

하지만 식구들은 그때와 달리 다들 기운이 없어 보였지. 사실 쿤다의 엄마와 형들은 쿤다가 떠나버려서 몹시 슬퍼하고 있었거든.

온 마을을 샅샅이 뒤지며 찾았지만, 쿤다를 찾지 못해서 모두 쿤다가 여우한테 잡아먹혔다고 생각했으니까.

쿤다야 아무것도 모르니까 엄마한테 야단맞을 걸 각오하고 크게 소리를 질렀지.

"엄마, 형들! 내가 왔어. 쿤다가 왔어!"

엄마와 형들이 돌아보았어.

쿤다를 보자 모두 얼굴이 환해져서 소리를 쳤어.

"쿤다야!"

어찌나 크게 환성을 질렀는지 연못물이 파도치듯 출렁거렸지.

하지만 자랑댁은 환해졌던 얼굴도 잠시, 금세 옆의 오리들 눈치를 보았지.

다른 오리들과 거위들도 깜짝 놀라 자랑댁을 쳐다보았어.

    쿤다의 형들은 기쁨에 겨워 쿤다에게로 헤엄쳐 갔어.

    쿤다도 풍덩, 물에 뛰어들어 훨씬 능숙해진 헤엄 솜씨로 식
구들을 향해 다가갔어.

    모든 오리와 거위들이 다 몰려들어 쿤다네 식구들을 둘러쌌
지.

    날개가 한쪽밖에 없는 웬 낯선 오리가 자랑쟁이 오리더러
엄마라고 불렀으니 깜짝 놀랄 일이잖아?

쿤다는 엄마 앞으로 바짝 다가가 엄마를 바라보았어.

자랑댁의 얼굴이 창피함으로 빨갛게 되었지.

아무리 엄마가 그래도 이제 쿤다는 끄떡도 없었어. 하나도
슬프지 않았지.

쿤다는 또박또박 분명하게 말했어.

"엄마, 엄마가 아무리 나를 부끄러워해도 나는 이제 숨어 살
지 않을 거야. 왜냐하면, 나는 이제 내가 부끄럽지 않으니까."

그러면서 쿤다는 둘러선 오리와 거위들을 향해 말했지.

"제 이름은 쿤다입니다. 보다시피 날개가 한쪽밖에 없어 그

동안 숨어 살았어요. 우리 엄마는 워낙 자랑쟁이 엄마라 날개

가 한쪽밖에 없는 저를 부끄러워했어요. 저도 저를 부끄럽게 생각했고요. 하지만 지금은 그렇지 않아요. 저는 세상에 하나밖에 없는 '쿤다'니까요. 저와 똑같은 오리는 세상에 한 마리도 없으니까요. 날개가 하나여서 불편한 점이 없는 건 아니지만 부끄럽지는 않아요. 앞으로는 누가 뭐래도 숨어 살지 않을 겁니다."

그러자 인사댁이 말했지.

"아니, 이렇게 잘난 아드님이 어디가 부끄럽다는 거요? 참, 너무했네. 어쨌든 잘 왔다, 얘야. 우리 모두 쿤다를 환영해 줍시다!"

그러자 모든 오리와 거위들이 물에 대고 날개를 파닥였어. 여기저기서 물방울이 튀어 올라 예쁘고 작은 무지개들이 솟아났지.

쿤다의 형들이 가장 기뻐해서 가장 세게 날개를 파닥거렸어.

하지만 자랑댁은 고개를 푹 숙이고 있었지.

이제 자랑댁은 쿤다가 부끄러운 게 아니라 쿤다를 숨겨왔다는 사실이 진심으로 부끄러웠으니까 말이야.

그래도 자랑댁은 지지 않고 말했어.

"이 자식, 그냥 날개 하나 더 달고 나오지 안 달고 나와서 엄마한테 이런 창피를 주냐?"

그러자 쿤다는 한쪽 날개를 자랑댁한테 쫙 펴 보이며 말했지.

"엄마, 내 날개를 좀 봐. 엄마 날개 두 쪽보다 더 멋지지 않아?"

그 말에 엄마는 웃음을 터뜨리고 말았어.

"아이고, 누가 내 아들 아니랄까 봐 자랑은 잘도 하네!"

모두 활짝 웃음꽃을 터뜨렸어.

그날부터 엄마 오리는 진짜 자랑쟁이 오리답게 날마다 쿤다 자랑만 하고 다녔지.

며칠 뒤, 쿤다가 올다를 만나러 갔다 오겠다고 하자 자랑댁
도 같이 가겠다고 나섰어. 감사 인사를 해야 한다고 말이야.

자, 두 엄마 오리가 만나는 장면을 한 번 보겠어?

자랑댁이 먼저 꾸벅 고개를 숙이며 인사했지.

"아휴, 우리 아들을 보살펴 주셔서 정말 감사해요!"

올다 엄마는 워낙 겸손한 오리라서 정중하게 인사를 받았어.

"아니에요. 쿤다가 우리 올다와 잘 놀아 줘서 제가 더 감사합니다!"

그러자 자랑댁은 기회가 왔다는 듯이 아들 자랑을 늘어놓기 시작했지.

"호호호, 우리 쿤다가 좀 멋지긴 하지요. 날개가 하나밖에 없는데도 어찌나 헤엄을 잘 치는지 몰라요. 한쪽 날개도 얼마나 멋진지 잘 보셨나요? 다른 오리들 두 날개보다 훨씬 크고 우람하고 아름답답니다, 호호호!"

그러면서 한 시간쯤 말할 틈도 안 주고 쿤다 자랑을 했지.

올다 엄마는 자랑댁의 자랑에 좀 질리기도 했고, 좀 얄밉기도 했어. 그래서 평소의 올다 엄마답지 않게 자기 딸 자랑을 하기 시작했지.

"아니, 사실 우리 올다도 쿤다를 데리고 하늘을 많이 날아

줬지요. 우리 올다는 얼마나 용감하고 멋진 오리인지 모른답니다. 쿤다한테 용기를 주고 자신감을 심어 준 것도 알고 보면 우리 올다고……"

두 엄마 오리는 서로 끝없이 자식 자랑을 하느라고 해가 지는 줄도 몰랐다니까.

올다와 쿤다는 어이가 없어서 서로 쳐다보다 자기들끼리 호수로 놀러 나가 실컷 놀았지.

그런데 신기한 건 그렇게 싸울 듯이 서로 자식 자랑을 해대던 두 오리 엄마가 그러면서 서로 정이 들어 버린 거야.

두 엄마 오리는 이제 서로 만나 자식 자랑을 하지 않고는 심심해서 못 살게 되었어. 그래서 날마다 서로를 찾아가게 되었지. 하루는 숲속 연못으로, 하루는 호숫가로 말이야.

올다와 쿤다도 엄마를 따라다니며 날마다 서로를 만나 헤엄도 치고, 하늘도 날며 즐겁게 지낼 수 있어 좋기만 했지.

게다가 올다 엄마는 자랑댁을 따라 올다 자랑을 하다가 중요한 사실을 깨닫게 되었어.

　그건 올다가 이제는 충분히 자기 힘으로 살아갈 수 있다는

사실이었지. 그래서 친척들한테 맡겨놓았던 올다의 자매들을

다시 다 데려왔어.

　언니들과 다시 살게 된 올다가 얼마나 좋아했을지는 짐작이

가지?

　올다는 자랑댁한테 고맙다고 뽀뽀를 백 번은 했을 거야.

그렇게 그렇게 세월이 흘렀지.

사이좋게 자란 쿤다와 올다는 멋진 어른이 되었어.

그리고 모두의 짐작대로 둘은 결혼을 하였지.

쿤다와 올다는 예쁜 새끼들을 쉰다섯 마리나 낳으며 아주

아주 행복하게 잘 살았단다.

모든 옛날이야기가 그렇듯이 말이야!

이경혜 글

1992년 문화일보 신춘문예에 당선되어 작가의 길로 들어섰고,
2001년 《마지막 박쥐 공주 미가야》로 어린이 단행본 부문 한국백상출판문화상을 받았습니다.
그동안 《새를 사랑한 새장》, 《행복한 학교》, 《안 잘래!》, 《안 먹을래!》 같은 그림책과
《사도 사우루스》, 《유명이와 무명이》, 《책 읽는 고양이 서꽁치》, 《용감한 리나》 같은 동화책과
《어느 날 내가 죽었습니다》, 《그 녀석 덕분에》, 《그들이 떨어뜨린 것》 같은 청소년 소설을 썼습니다.

한지아 그림

영국 케임브리지 예술대학에서 그림책을 전공했습니다.
특유의 부드럽고 감성적인 그림으로 그림책에 생명을 불어넣는 작가입니다.
쓰고 그린 책으로 《나는 걸어요》, 《내 이름은 제동크》, 《모두 다 내 거!》,
《빗방울이 톡 톡 톡》이 있습니다.
영국에서는 《Fitz and Will》을, 한국에서는 《바빠가족》, 《하늘》, 《나만의 캠핑 방법》,
《갯벌 학교》를 그리기도 했습니다.
jiacom@naver.com